Ce livre
appartient à

_____

Le monde de Munsch

Robert Munsch

Illustrations de
Michael Martchenko
Alan et Lea Daniel
et
Eugenie Fernandes

Texte français
Christiane Duchesne
Lucie Duchesne
Cécile Gagnon
Martine Faubert

Éditions Scholastic

Catalogage avant publication de Bibliothèque et Archives Canada
Munsch, Robert N., 1945-
[Munsch more. Français]
  Le monde de Munsch / Robert Munsch ; illustrations, Michael
Martchenko... [et al.] ; traduction, Christiane Duchesne... [et al.].

Traduction de : Munsch more.
Pour enfants.
Sommaire : Un bébé alligator? – Ma dent ne veut pas tomber! –
  Sors du lit, Annie! – Ribambelle de rubans – Mmm... des biscuits! –
  Papa, sors-nous de là!
ISBN-13 978-0-439-96136-3
ISBN-10 0-439-96136-X

  I. Martchenko, Michael II. Duchesne, Christiane, 1949- III. Titre.
IV. Titre: Munsch more. Français.

PS8576.U575M8514 2004   jC813'.54   C2004-903249-6

Un bébé Alligator? Copyright © Bob Munsch Enterprises, Ltd., 1997, pour le texte.
Copyright © Michael Martchenko, 1997, pour les illustrations.

Ma dent ne veut pas tomber. Copyright © Bob Munsch Enterprises, Ltd., 1998, pour le texte.
Copyright © Michael Martchenko, 1998, pour les illustrations.

Sors du lit, Annie! Copyright © Bob Munsch Enterprises, Ltd., 1998, pour le texte.
Copyright © Alan et Lea Daniel, 1998, pour les illustrations.

Ribambelle de rubans. Copyright © Bob Munsch Enterprises, Ltd., 1999, pour le texte.
Copyright © Eugenie Fernandes, 1999, pour les illustrations.

Mmm... des biscuits! Copyright © Bob Munsch Enterprises, Ltd., 2000, pour le texte.
Copyright © Michael Martchenko, 2000, pour les illustrations.

Papa, sors-nous de là! Copyright © Bob Munsch Enterprises, Ltd., 2004, pour le texte.
Copyright © Michael Martchenko, 2004, pour les illustrations.

Copyright © Éditions Scholastic, 2004, pour le texte français du recueil dans son entier.
Tous droits réservés.

Il est interdit de reproduire, d'enregistrer ou de diffuser, en tout ou en partie, le présent
ouvrage par quelque procédé que ce soit, électronique, mécanique, photographique,
sonore, magnétique ou autre, sans avoir obtenu au préalable l'autorisation écrite de
l'éditeur. Pour la photocopie ou autre moyen de reprographie, on doit obtenir un permis
auprès d'Access Copyright, Canadian Copyright Licensing Agency, 1, rue Yonge,
bureau 800, Toronto (Ontario) M5E 1E5 (téléphone : 1-800-893-5777).

Édition publiée par les Éditions Scholastic, 604, rue King Ouest,
Toronto (Ontario) M5V 1E1 CANADA.

10 9 8 7 6   Imprimé à Singapour 46   11 12 13 14 15

Table des matières

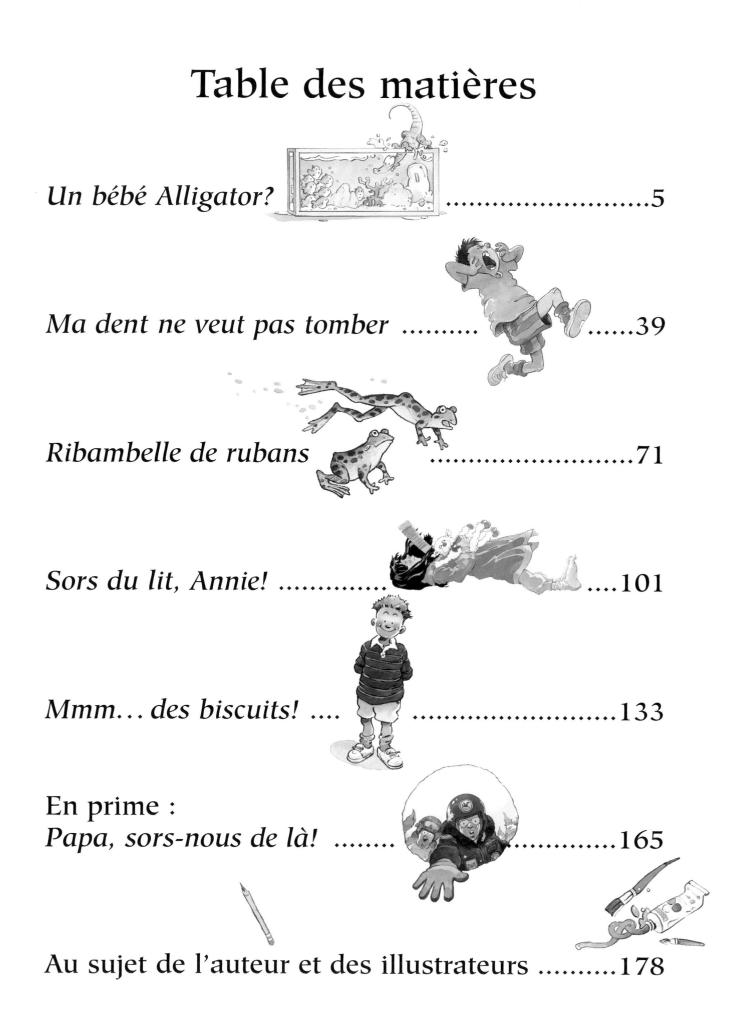

À Kristen Bocking, de Guelph, en Ontario

— R.M.

Un bébé Alligator?

Robert Munsch

illustrations de Michael Martchenko

Cette nuit-là, la mère de Christine s'éveille
et se met à crier.

— Un bébé! Un bébé! Je vais avoir un bébé!

Le père de Christine bondit du lit, s'habille, prend la mère par la main, descend l'escalier, saute dans la voiture et démarre en trombe.
Vrooooooooum!

Par malheur, ils s'égarent. Ils ne vont pas vers l'hôpital, mais au zoo. Les choses se passent tout de même bien. La mère accouche d'un joli bébé. Puis ils reviennent à la maison et frappent à la porte. *Bam, bam, bam, bam!*

Christine ouvre la porte. Sa mère est là, tenant dans ses bras un paquet bien enveloppé dans une couverture.

— Christine, demande sa mère, tu veux voir ton petit frère?

— Oh oui! répond Christine.

Alors, Christine soulève un coin de la couverture et aperçoit une longue queue verte.

— Un vrai bébé n'a pas de queue! déclare Christine.

Christine soulève un autre coin de la couverture et voit une longue griffe.

— Un vrai bébé n'a pas de griffes! dit-elle encore.

Christine soulève alors un troisième coin de la couverture, et c'est une longue tête verte souriant de toutes ses dents qui apparaît.

— Ça, dit-elle, ce n'est pas mon petit frère.

— Voyons, Christine! Ne sois pas jalouse, lui dit sa mère.

Aussitôt, le bébé sort la tête et mord le nez de sa mère.

— *Aaaaaaaah!* hurle-t-elle.

Puis le bébé mord aussi le nez de son père.

— *Aaaaaaaah!* hurle-t-il.

— Ce n'est pas un vrai bébé, dit Christine. C'est un alligator.

— Ciel! s'écrie la mère. Nous n'avons pas le bon bébé!

Christine met l'alligator dans l'aquarium pendant que son père et sa mère retournent au zoo.

Ils reviennent une heure plus tard, et frappent à la porte. *Bam, bam, bam, bam!*

Christine ouvre la porte.

— Tu veux voir ton petit frère? demande sa mère.

— Oh oui! répond Christine.

Christine soulève un coin de la couverture et aperçoit une queue qui ressemble à une queue de poisson.

— Un vrai bébé n'a pas de queue! déclare Christine.

Christine soulève un autre coin de la couverture et voit une nageoire.

— Un vrai bébé n'a pas de nageoire! déclare Christine.

Christine soulève alors un troisième coin de la couverture, et c'est une drôle de tête avec des moustaches qui apparaît.

— Ce n'est pas une tête de vrai bébé! déclare Christine. Ce n'est pas mon petit frère!

— Voyons, Christine! dit sa mère. Ne sois pas jalouse.

Aussitôt, le bébé sort ses nageoires et tape vivement les joues de son père. *Ouap, ouap, ouap, ouap!*

— *Aaaaaaaaaah!* hurle-t-il. C'est un bébé phoque! Nous n'avons pas le bon bébé.

Christine dépose le bébé phoque dans la baignoire pendant que sa mère et son père retournent au zoo.

Une heure plus tard, ils reviennent et frappent à la porte. *Bam, bam, bam, bam!*

Christine ouvre la porte et sa mère lui dit :

— Christine, tu veux voir ton petit frère?

— Oh oui! dit Christine.

Elle soulève un coin de la couverture et aperçoit une patte toute poilue.

— Ce n'est pas une jambe de vrai bébé, déclare-t-elle.

Elle soulève un autre coin de la couverture et voit un bras tout poilu.

— Ce n'est pas un bras de vrai bébé, dit-elle.

Elle soulève un troisième coin de la couverture, et c'est une tête toute poilue qui apparaît.

— Ça, dit-elle, ce n'est pas une tête de vrai bébé. Ce n'est pas mon petit frère.

— Voyons, Christine, dit sa mère. Ne sois pas jalouse.

Le bébé sort les pattes, attrape le nez de la mère et l'oreille du père.

— *Aaaaaaaaaah!* hurlent-ils tous les deux à tue-tête. C'est un bébé gorille! Nous n'avons pas le bon bébé.

— Laissez-moi faire, dit Christine.

Sa mère et son père accrochent le bébé gorille au lustre du salon pendant que Christine enfourche sa bicyclette et file au zoo.

Christine regarde d'abord dans la cage des serpents. Pas de vrai bébé.

Puis Christine regarde dans la cage des wombats. Pas de vrai bébé.

Alors, Christine regarde dans la cage aux éléphants. Pas de vrai bébé.

Elle s'arrête et tend l'oreille.

— *Ouin, ouin, ouin, ouin, ouin!* entend-elle de très loin.

— Ce serait plutôt ça, se dit-elle.

Elle marche vers l'endroit d'où vient le son et se retrouve devant la cage des gorilles.

Elle regarde la maman gorille.

— Donnez-moi mon petit frère,
demande-t-elle.

La maman gorille bondit au fond
de la cage et refuse de donner le bébé.

Aussitôt, le vrai bébé mord le nez de la maman gorille.

— *Aaaaaaaaah!* hurle la maman gorille.

Et elle tend le bébé à Christine.

Christine attrape le bébé, saute sur sa bicyclette et pédale à toute vitesse vers la maison.

Elle frappe à la porte. *Bam, bam, bam, bam!*

— Vous voulez voir votre nouveau bébé? demande-t-elle quand ses parents ouvrent la porte.

Sa mère soulève un coin de la couverture.

— Oh! ce sont des jambes de vrai bébé.

Elle soulève un autre coin de la couverture.

— Ce sont des mains de vrai bébé.

Elle soulève un troisième coin de la couverture.

— Oh! c'est un visage de vrai bébé.

Sa mère prend le bébé dans ses bras et l'embrasse très fort. Son père prend le bébé à son tour et l'embrasse aussi très fort.

— Christine, Christine, tu nous as ramené le bébé, lui dit sa mère. Bravo, ma petite!

— Mais qu'allons-nous faire de tous ces autres bébés? demande le père de Christine. Il y a un bébé phoque dans la baignoire, un bébé alligator dans l'aquarium et un bébé gorille pendu au lustre! Nous devrions les rapporter tous au zoo.

Christine regarde par la fenêtre et dit...

— Je crois que nous n'avons rien à faire, rien du tout!

Et tout s'est bien passé… jusqu'au jour
où la maman de Christine a eu des jumeaux.

Un bébé Alligator?

En 1979, des amis à moi avaient organisé une fête pour l'anniversaire de leur fille Kristen (qu'on a nommée Christine dans la version française). J'avais été le professeur de Kristen à l'école maternelle et, en guise de cadeau, j'ai décidé de venir raconter des histoires aux enfants ce jour-là. La maman de Kristen était enceinte à cette époque. J'ai donc inventé une histoire à propos des parents de Kristen qui, par erreur, allaient au zoo au lieu de se rendre à l'hôpital et qui revenaient à la maison avec un bébé alligator! Kristen a tellement aimé mon histoire qu'elle en a fait un petit livre, avec un texte qu'elle a écrit elle-même et illustré de ses dessins.

Des années plus tard, j'ai décidé de faire un album à partir de cette histoire. J'ai donc retrouvé Kristen pour lui demander si elle voulait toujours être la petite fille dans mon livre, et elle m'a répondu qu'elle en serait enchantée. Kristen aime beaucoup cet album que j'ai fait, mais elle demeure convaincue que sa version, avec texte et illustrations, est bien meilleure.

— R.M.

Pour Andrew Munsch,
de Guelph, en Ontario
— R.M.

Ma Dent ne
veut pas tomber!

Robert Munsch
illustrations de Michael Martchenko

André s'installe pour déjeuner et voit trois grosses pommes rouges au centre de la table. Elles lui semblent si appétissantes qu'il décide d'en croquer une, même si l'une de ses dents bouge beaucoup.

Il tend la main,
prend une pomme,
la frotte sur son t-shirt
pour la faire briller,
croque une
bouchée
et hurle : « *Aïe!* »

— Maman, maman! Fais quelque chose! Ma dent me fait trop mal! Je ne peux pas manger ma pomme.

Sa mère lui fait ouvrir la bouche et regarde à l'intérieur.

— Oh! Oh–oh... dit-elle. Cette dent bouge. Laisse-moi faire.

Elle prend la dent à deux mains et tire aussi fort qu'elle le peut. Mais la dent résiste.

— Oh, André! dit-elle. Cette dent n'est pas prête à tomber. Prends plutôt une autre pomme.

André tend la main,
prend une pomme,
la frotte sur son t-shirt
pour la faire briller,
croque une
bouchée
et hurle : « *Aïe!* »

— Papa, papa! Fais quelque chose!
Ma dent me fait trop mal! Je ne peux pas
manger ma pomme.

Son père lui fait ouvrir la bouche et
regarde à l'intérieur.

— Oh! Oh–oh... dit-il. Cette dent
bouge. Laisse-moi faire.

Il va chercher des pinces. Il agrippe la dent. Puis il appuie son pied sur le nez d'André et tire aussi fort qu'il le peut. Mais la dent résiste.

— Oh, André! dit-il. Cette dent est bien accrochée. Prends plutôt une autre pomme.

André tend la main,
prend une pomme,
la frotte sur son t-shirt
pour la faire briller,
croque une
bouchée
et hurle : « Aïe! »

— Papa, maman! Faites quelque chose.
Ma dent me fait trop mal! Je ne peux pas
manger ma pomme.

Alors, ils appellent le dentiste.

Le dentiste arrive dans une voiture
noire toute brillante. Il ouvre la bouche
d'André et regarde à l'intérieur.

— Oh! Oh–oh... s'écrie-t-il. Cette dent
bouge. Laissez-moi faire.

Il prend une longue corde et l'attache
à la dent d'André.

— Je sais ce que vous allez faire! dit
André. Je sais ce que vous allez faire!
Vous allez attacher la corde à la porte
et vous allez la fermer très fort.

— Pas du tout, répond le dentiste.
Je vais l'attacher à ma voiture.

Il noue l'extrémité de la corde à sa voiture
et démarre aussi vite qu'il le peut. Mais,
à l'autre bout de la corde, la voiture tombe
en morceaux. Le dentiste se retrouve debout,
le volant dans les mains.

— Cette dent ne tombera jamais, disent le père d'André, la mère d'André et le dentiste. Tu ne peux tout simplement pas manger ton déjeuner.

André, tout triste, s'assoit dans le jardin, devant la maison. Passe alors Louis, son meilleur ami.

— Qu'est-ce qui ne va pas? demande Louis.

— Oooh! répond André, ma mère n'arrive pas à arracher ma dent, mon père n'arrive pas à arracher ma dent, et même le dentiste n'arrive pas à arracher ma dent. Et je ne peux pas manger mon déjeuner.

— Oh! Oh–oh... dit Louis. Laisse-moi faire.

Louis entre dans la maison et téléphone à la Fée des dents. Elle arrive aussitôt, montée sur une énorme motocyclette.

André regarde la Fée.

— Si vous croyez pouvoir utiliser votre moto pour arracher ma dent, vous vous trompez.

— Tu me prends pour qui? dit la Fée des dents. Pour un dentiste?

Elle empoigne la dent d'une main, mais la dent résiste. Elle empoigne la dent à deux mains, mais la dent résiste. Elle sort alors un gros marteau de sa motocyclette et frappe la dent d'André. Le marteau se casse en deux morceaux, mais la dent résiste toujours.

— Incroyable! s'exclame la Fée. C'est la première fois que cela m'arrive. Je pense que tu ferais mieux de ne pas manger ton déjeuner...

— Minute! dit Louis. J'ai une idée.

Louis va dans la maison chercher la poivrière. Il pousse la tête d'André vers l'arrière et lui poivre le nez.

— Aa...
aaa...
aaaaa...
atchouuuuum!

fait André...

...et sa dent s'envole à l'autre bout de la ville.

En fin de compte, la Fée des dents a eu sa dent!

MA DENT NE VEUT PAS TOMBER!

En 1982, je me trouvais en tournée en Saskatchewan pour le Canadian Children's Book Centre. Je visitais trois villes par jour, où je racontais des histoires dans des écoles et des bibliothèques. Une de ces villes, Fort Qu'appelle, se trouve dans le creux d'une gigantesque vallée, au beau milieu de l'immensité plate de la prairie. Je me suis retrouvé là, à raconter des histoires, dans un gymnase rempli d'enfants. Les petits de la deuxième année étaient assis devant, et plusieurs d'entre eux avaient des dents manquantes. Je me suis alors dit : « Je suis prêt à parier que ces enfants-là aimeraient qu'on leur raconte une histoire à propos des dents ». Alors, j'en ai inventé une. Elle n'était pas très au point, mais comme les enfants avaient tous des dents branlantes, ils l'ont aimée quand même.

J'ai raconté cette histoire pendant des années et les enfants se sont mis à me demander : « Quand vas-tu faire un album avec ton histoire de dents? » Finalement, j'ai décidé de me mettre dans la peau d'un de mes auditeurs pendant que je racontais mon histoire, et j'ai été très heureux de constater que mon histoire de dents, qui, au départ, n'était pas très bonne, était devenue une bonne histoire, en une dizaine d'années seulement!

J'ai décidé de prendre mon fils Andrew, comme personnage de l'album (on l'a nommé André dans la version française). Louis, un ami d'Andrew, est là aussi. Louis est d'origine grecque et il m'a donné la permission de le représenter dans mon album, mais à condition que le drapeau grec apparaisse sur son chandail.

Pour Jillian DeLaronde,
de Kahnawake, au Québec
— R.M.

Pour Robyn, Julia,
Alexandra, et Katherine
— E.F.

Ribambelle de rubans

Robert Munsch

Illustrations de
Eugenie Fernandes

Dès que sa grand-mère a terminé sa
robe à rubans, Émilie se précipite dehors.

Un homme arrive en courant sur le chemin.
Il est très bien vêtu et il crie :

— Je suis en retard! Je suis perdu! Je suis en
retard! Je suis perdu! Je vais rater mon mariage!

— Attendez! dit Émilie. Laissez-moi arranger
vos chaussures.

Émilie arrache deux rubans de sa robe pour
remplacer les lacets des chaussures du monsieur.
Elle les attache en finissant par une jolie boucle.

75

— Merci, dit l'homme. Je serai peut-être en retard, mais au moins, j'aurai fière allure.

— Hé! dit Émilie, prenez donc la planche à roulettes de mon frère Luc. Il est grand maintenant et il ne s'en sert plus. Dirigez-vous vers le clocher de l'église et vous y arriverez.

— Merci, dit l'homme. Je la rapporte après le mariage.

Puis une femme vêtue d'une robe blanche très chic passe en courant. Elle crie :

— Je suis en retard! Je suis perdue! Je suis en retard! Je suis perdue! Je vais rater mon mariage!

— Attendez, s'écrie Émilie. Laissez-moi arranger vos cheveux!

Émilie arrache huit rubans de sa robe : un, deux, trois, quatre, cinq, six, sept, huit.

La femme se penche vers elle et Émilie lui fait quatre longues queues de cheval ravissantes.

— Maintenant, ajoute Émilie, prenez donc le vélo de ma mère. Elle est trop grande et ne s'en sert pas beaucoup. Dirigez-vous vers le clocher de l'église et vous serez vite rendue.

— Oh merci! dit la femme. Je serai peut-être en retard, mais au moins, je serai bien coiffée.

Elle embrasse Émilie et file sur le vélo emprunté.

Une famille arrive en courant sur le chemin.

— Nous sommes en retard! Nous sommes perdus!
Nous sommes en retard! Nous sommes perdus!
Nous allons rater le mariage. Nous n'avons même
pas emballé le cadeau de noces!

— Attendez! s'écrie Émilie. Moi, je peux vous
l'emballer.

Et elle fait un joli paquet avec cinq rubans
arrachés de sa robe.

La famille s'écrie :

— Oh! mille mercis! Merci! Merci! Nous serons peut-être en retard, mais au moins, nous aurons un bien joli cadeau à offrir.

— Prenez la trottinette de Patricia et la voiturette de Béatrice, dit Émilie. Elles ont grandi et ne s'en servent plus beaucoup. Dirigez-vous vers le clocher de l'église et vous ne vous perdrez plus.

Chaque membre de la famille embrasse Émilie et tout le monde s'en va en vitesse.

Puis un homme descend le chemin en criant :

— Je suis en retard. Je suis perdu. Je suis en retard. Je suis perdu. Je vais rater le mariage!

Soudain, il s'arrête et lance :

— Oh, malheur! Je l'ai perdu!

— Qu'avez-vous perdu? demande Émilie.

— L'anneau! L'anneau de mariage, répond l'homme. J'ai perdu l'anneau du marié.

— Je vais vous aider à le retrouver, dit Émilie.

Émilie fouille partout et se salit énormément; au bout d'un moment, elle retrouve l'anneau dans une mare de boue.

— Attendez! dit Émilie. Vous allez le perdre encore! Laissez-moi vous aider.

Émilie attache l'anneau au doigt du monsieur, à l'aide d'un de ses rubans.

— Maintenant, propose Émilie, prenez donc les patins de Jérémie. Il est grand et il ne les utilise plus. Dirigez-vous vers le clocher de l'église.

— Merci, dit l'homme. J'arriverai peut-être en retard, mais au moins, j'aurai l'anneau.

La mère d'Émilie sort de la maison et s'écrie :

— Émilie, nous allons être en retard pour le mariage et te voilà bien peu présentable. Que va dire ta grand-mère?

Elle attrape Émilie par la main et, ensemble, elles descendent le chemin en courant.

Sur le seuil de l'église, un homme les accueille et dit à Émilie :

— Quelle tenue épouvantable! Tu ne peux pas entrer ici habillée comme ça!

— Mais, mais... balbutie la maman d'Émilie.

— Ce n'est pas grave, maman, dit Émilie. Je vais m'asseoir sur les marches en t'attendant.

Bientôt, les futurs mariés contournent l'église et aperçoivent Émilie assise sur les marches.

— Oh! s'exclame le marié. As-tu vu comme mes chaussures sont belles?

— Oh! s'exclame la mariée. As-tu vu comme je suis bien coiffée?

— Oui, dit Émilie. Vous êtes bien beaux tous les deux et je vous souhaite un merveilleux mariage.

— Tu n'entres pas? demande le marié.

— Non, dit Émilie. J'ai arraché tous les rubans de ma robe pour attacher des chaussures, arranger une coiffure, emballer un cadeau de noces et retenir l'anneau du marié. Ma robe est toute abîmée et je n'ai pas le droit d'entrer.

— Hum! dit le marié. Je pense que nous avons besoin d'une bouquetière.

— Hum! renchérit la mariée. Il nous faut absolument une bouquetière.

Alors, ils cueillent un bouquet de fleurs sauvages, puis Émilie entre dans l'église en conduisant le cortège.

Et malgré sa robe sale et trouée, tout le monde dit qu'Émilie est la plus jolie de tous les enfants de la noce.

Ribambelle de rubans

En 1993, je me trouvais à Montréal pour le tournage d'un film vidéo. Un petit garçon et une petite fille se sont présentés très tôt afin de s'assurer une place parmi mon auditoire. Ils étaient seuls au beau milieu de l'immense studio et personne ne s'occupait d'eux. J'ai donc décidé de leur raconter des histoires. Pendant une bonne demi-heure, je me suis amusé à en inventer de nouvelles. L'une d'elles portait sur la robe à rubans que la petite fille portait. C'était la première fois que je voyais une robe comme celle-là.

Le lendemain, je me suis dit que cette histoire de robe à rubans était vraiment très bonne et, pour ne pas l'oublier, je l'ai mise par écrit. Mais je ne me rappelais plus le nom de la petite fille. Au studio de télévision, on m'a dit qu'il s'agissait d'une enfant originaire de la réserve mohawk de Kanahwake, au sud de l'île de Montréal. J'ai téléphoné là-bas et j'ai retrouvé Jillian (qu'on a nommée Émilie dans la version française). J'ai appris que bien d'autres petites filles avaient une robe à rubans, à Kahnawake; elles la portent quand elles veulent s'habiller très chic. Les petits garçons, eux, portent une chemise à rubans.

Quelques années plus tard, quand j'ai décidé de publier cette histoire, je me suis rendu à Kahnawake pour rencontrer Jillian et sa famille. J'ai pris beaucoup de photos, qu'Eugenie Fernandes a ensuite utilisées pour composer ses illustrations. Après la parution de *Ribambelle de rubans*, en 1999, je me suis rendu à l'école de Jillian pour y raconter des histoires, et beaucoup des petites filles sont venues m'écouter habillées de leur robe à rubans. En 2004, l'album a été publié en langue mohawk, et Jillian y porte le nom de Teiohathe, son vrai nom dans cette langue.

— R.M.

99

Pour Amy Albrecht,
de Tavistock, en Ontario.
— R.M.

À Carolyn et David.
— A.D. et L.D.

Sors du lit, Annie!

Robert Munsch

Illustrations de
Alan et Lea Daniel

Au beau milieu de la nuit, pendant que tout le monde dort, Annie se lève et décide de regarder la télévision.

Alors, elle descend au salon et regarde
l'émission de fin de soirée,
l'émission du début de la nuit,
l'émission d'après minuit
et l'émission...

Finalement, elle va se coucher, parce qu'elle est un peu fatiguée.

Le lendemain matin, toute la famille se retrouve dans la cuisine, sauf Annie.

— Où est Annie? demande son père.

— Où est Annie? demande son frère.

— Annie dort, répond sa mère. Je l'ai appelée cinq fois et elle dort toujours. Qu'est-ce qu'on va faire?

— Pas de problème, dit le frère d'Annie. Je peux la réveiller.

Le frère d'Annie grimpe l'escalier.
Il crie le plus
fort qu'il peut :
— Aaaaaaanniiiiiie!

Annie ronfle. **Rrrron, rrrron**

— Tu vas être en retard à l'école,
dit son frère. Tant pis pour toi.
Et il redescend à la cuisine.
— Je pense que j'ai la solution,
dit le père d'Annie.

Il monte l'escalier et dit, de sa voix de père,
la plus sévère :

— Annie, si tu ne sors pas du lit tout de suite,
je vais être très en colère!

Annie ronfle. **Rrrrrrron**

Son père redescend et dit à sa mère :

— Annie ne veut pas se lever.

— Je connais un moyen qui fonctionne
parfois, répond la mère d'Annie.

Elle monte l'escalier, prend Annie dans ses bras et la pose debout, par terre. Puis elle dit, très gentiment :

— Annie, réveille-toi, s'il te plaît.

Annie tombe et continue à dormir sur le plancher.

Sa mère redescend et dit :

— Je ne peux pas la réveiller! Je ne peux pas la réveiller!

— Oh non! dit le père d'Annie. Il faut que je parte travailler.

— Oh non! dit le frère d'Annie. Il faut que je parte à l'école.

— Moi aussi, dit la mère d'Annie, il faut que je parte travailler. Mais qu'est-ce que nous allons faire d'Annie?

— Emmenons-la à l'école dans son lit, suggère le frère d'Annie.

Les parents d'Annie se regardent.

— Bonne idée! disent-ils.

113

Alors, ils remettent Annie au lit et l'emmènent.
Ils sortent, marchent sur le trottoir, tournent au
coin de la rue, traversent la cour de l'école
et entrent dans l'école.

Ils posent le lit au fond de la classe
et s'en vont.

La directrice entre dans la classe d'Annie et dit :

— Qu'est-ce qui se passe ici?

— Je ne sais pas, répond l'enseignant. C'est Annie. Elle est dans son lit.

— Pas de problème, dit la directrice.

Elle s'approche et crie à Annie, de toutes ses forces :

— **SORS DU LIT, ANNIE!**

Annie ronfle. **Rrrrrrron**

— J'abandonne, dit la directrice. Attendons qu'elle se réveille.

Alors, l'enseignant commence la leçon de lecture, mais Annie ne se réveille pas.

L'enseignant donne la leçon de mathématiques, mais Annie ne se réveille pas.

La classe va au gymnase, mais Annie ne se réveille pas.
Pendant la récréation, Annie ne se réveille pas.

Les élèves mangent leur repas, mais Annie ne se réveille pas.
Au cours d'arts plastiques, Annie ne se réveille pas.

Finalement, c'est l'heure de rentrer
à la maison.

— Appelez sa mère, dit la directrice.
Appelez son père. Sortez-la d'ici!

Alors, la mère d'Annie arrive du travail,
le père d'Annie arrive du travail et son frère
arrive de sa classe. Ils soulèvent le lit d'Annie,
la ramènent à la maison et vont tous manger,
sauf Annie. Annie dort toujours.

— Si elle ne se réveille pas, je peux avoir
sa chambre? demande son frère.

Le lendemain matin, Annie se lève.

Elle arrive en trombe dans la cuisine et dit :

— J'ai tellement faim! On dirait que je n'ai pas mangé depuis des années.

— Tiens! dit sa mère. As-tu bien dormi?

— Merveilleusement bien, répond Annie. Mais j'ai fait de drôles de rêves.

Alors, la mère et le père d'Annie vont travailler, et Annie et son frère partent pour l'école.

En arrivant à l'école, Annie et
son frère passent devant la directrice,
qui dit :

— Bonjour Annie, comment
vas-tu?

— Très bien, répond Annie.
Mais j'ai fait de drôles de rêves,
la nuit dernière.

— J'imagine, dit la directrice.

Puis Annie entre
dans sa classe où...

127

...tout le monde ronfle.

Rrrrrrrrrrrron

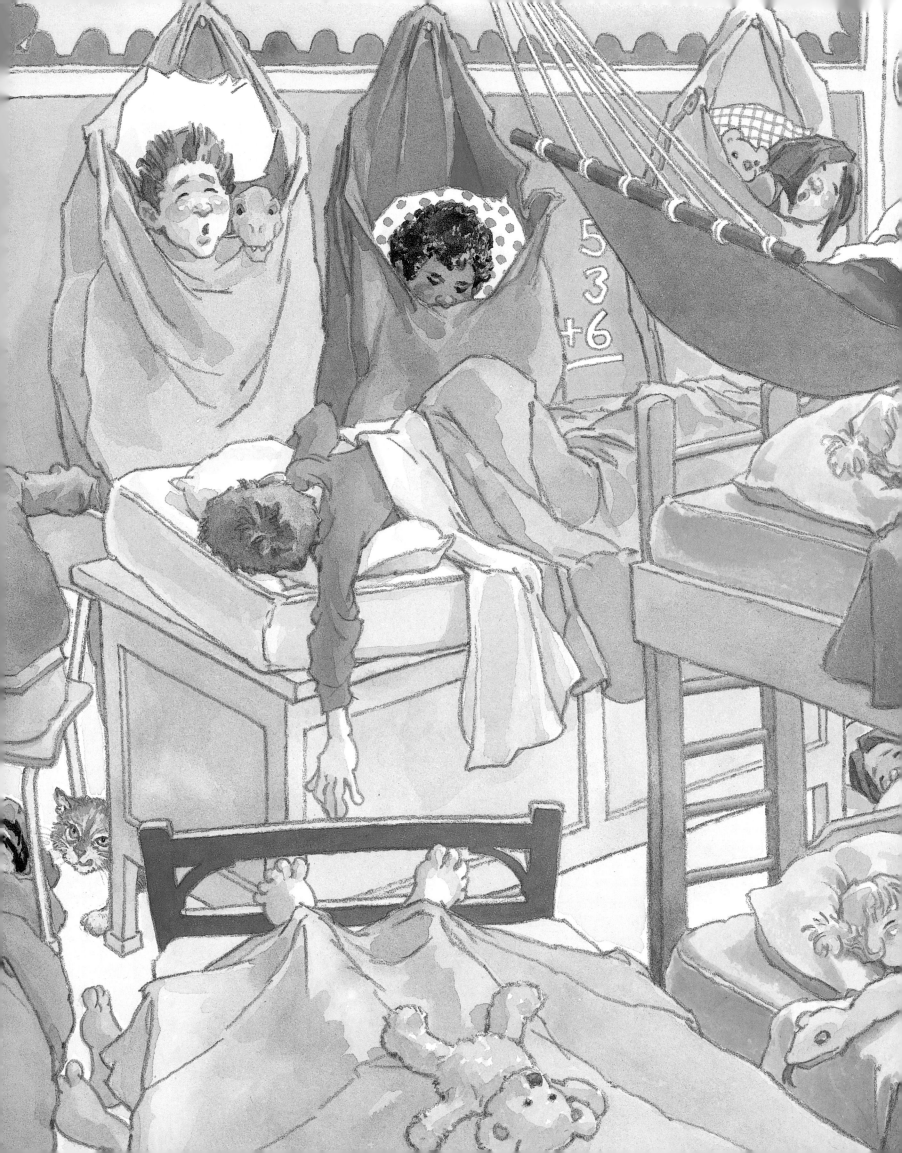

Sors du lit, Annie!

En 1995, la mère d'Amy Albrecht (qu'on a nommée Annie dans la version française) m'a écrit pour me raconter à quel point il était difficile, chaque matin, de faire lever sa fille. Elle avait même essayé de la réveiller en la mettant debout à côté de son lit, mais Amy, sans ouvrir l'œil, s'était écrasée par terre. Impossible de la réveiller! Un jour, complètement découragée, la mère d'Amy a suggéré de l'amener à l'école dans son lit! Amy a trouvé l'idée très drôle, et même assez drôle pour en faire un livre de Robert Munsch. La mère et la fille m'ont donc envoyé chacune une lettre et, après les avoir lues, j'ai écrit une première version de *Sors du lit, Annie!* que j'ai envoyée à Amy. Et je n'y ai plus repensé. Mais, en 1998, mon éditeur est tombé sur ce texte et il a tout de suite dit : « Bob, on fait un album avec cette histoire-là ».

Quand l'album a paru, Amy m'a invité à la fête d'automne de Tavistock (Ontario), sa ville natale. Ses parents avaient préparé un char allégorique pour le défilé. Imagine : une charrette à foin portant Amy dans son lit, avec moi à son chevet en train de lui lire une histoire et tout plein d'amis autour, en pyjama et criant : « Sors du lit, Annie! » à tue-tête. Pas étonnant qu'ils aient remporté le prix du meilleur char allégorique, cette année-là!

— R.M.

À Chris Duggan,
de Guelph, en Ontario
— R.M.

Mmm... des biscuits!

Robert Munsch

illustrations de
Michael Martchenko

Un matin, Christophe découvre un gros tas de pâte à modeler dans un coin du sous-sol.

— Ooooh! s'écrie-t-il. J'adore la pâte à modeler!

Alors, il prend un morceau de pâte
à modeler rouge et l'aplatit entre ses mains.
PAP, PAP, PAP, PAP, PAP!

Il en fait un beau biscuit bien rond.
OUICHE, OUICHE, OUICHE, OUICHE, OUICHE!

Il le saupoudre de sucre.
CHIK, CHIK, CHIK, CHIK, CHIK.

Il le recouvre de glaçage jaune.
GLIP, GLIP, GLIP, GLIP, GLIP!

Il le décore de raisins.
PLINK, PLINK, PLINK, PLINK, PLINK!

Puis Christophe monte à l'étage et dit :

— Maman! Regarde! Papa t'a fait
un biscuit!

— Ooooh! Comme c'est gentil, dit
sa maman. Je ne savais même pas
qu'il pouvait cuisiner.

Elle prend le biscuit et
mord bien fort dedans.

CROUUUUUUUUUCHE!

Elle se met à crier.
— OUACH!
    POUAH!
        PEUH!

*DE LA PÂTE
À MODELER!*

GLA-GLA-GLA-GLA-GLA!

Le biscuit est si affreux qu'elle court
à la salle de bain et se brosse les dents
pendant un long moment.

SCRITCH-SCRITCH,
SCRITCH-SCRITCH,
SCRITCH-SCRITCH.

Pendant que sa maman se brosse les
dents, Christophe va chercher un autre
morceau de pâte à modeler rouge.

Il l'aplatit entre ses mains.
PAP, PAP, PAP, PAP, PAP!

Il en fait un beau biscuit bien rond.
OUICHE, OUICHE, OUICHE, OUICHE, OUICHE!

Il le saupoudre de sucre.
CHIK, CHIK, CHIK, CHIK, CHIK.

Il le recouvre de glaçage jaune.
GLIP, GLIP, GLIP, GLIP, GLIP!

Il le décore de raisins.
PLINK, PLINK, PLINK, PLINK, PLINK!

Puis Christophe monte à l'étage et dit :

— Papa! Regarde! Maman t'a fait un biscuit! dit Christophe.

— Comme c'est gentil! répond le papa de Christophe. Il y a si longtemps que ta maman m'a préparé des biscuits!

Il prend le biscuit et mord bien fort dedans.

CROUUUUUUUUCHE!

Il se met à crier.

— OUACH!

POUAH!

PEUH!

DE LA PÂTE À MODELER!

GLA-GLA-GLA-GLA-GLA!

Le biscuit a un goût si affreux que le papa de Christophe court à la salle de bain pour se brosser les dents.

SCRITCH-SCRITCH,
SCRITCH-SCRITCH,
SCRITCH-SCRITCH.

Lorsque ses parents sortent de la salle de bain, Christophe est en retard pour l'école.

Alors, ils appellent l'enseignante.

— Christophe offre des biscuits en pâte à modeler à tout le monde!

— Ne vous en faites pas, répond l'enseignante. Je sais ce qu'il faut faire!

Elle prend un morceau de pâte
à modeler rouge.

Elle l'aplatit entre ses mains.
PAP, PAP, PAP, PAP, PAP!

Elle en fait un beau biscuit bien rond.
OUICHE, OUICHE, OUICHE, OUICHE, OUICHE!

Elle le saupoudre de sucre.
CHIK, CHIK, CHIK, CHIK, CHIK.

Elle le recouvre de glaçage jaune.
GLIP, GLIP, GLIP, GLIP, GLIP!

Elle le décore de raisins.
PLINK, PLINK, PLINK, PLINK, PLINK!

Puis elle le dépose sur la chaise de
Christophe.

— Quel beau biscuit! s'écrie Christophe lorsqu'il entre dans la classe.

Il prend le biscuit et mord bien fort dedans.

CROUUUUUUUUCHE!

Il se met à crier.

— OUACH!

POUAH!

PEUH!

DE LA PÂTE À MODELER!

GLA- GLA-GLA-GLA-GLA!

Le biscuit a un goût si affreux que Christophe court à la salle de bain pour se brosser les dents.

Quand Christophe revient de la salle de bain,
l'enseignante demande :
— Maintenant, voulez-vous faire de VRAIS biscuits?
Toute la classe lance un grand OUI!

Quand Christophe a fini son biscuit…

…il l'amène à la maison pour
l'offrir à sa maman et à son papa.

Mmm... des biscuits!

Quand je travaillais en garderie, je m'amusais souvent à jouer au jeu suivant avec les enfants occupés à faire de la pâte à modeler. Je m'approchais de leur table et je leur disais : « Est-ce que quelqu'un m'a fait un biscuit, aujourd'hui? » Alors, ils se mettaient tous à me préparer des biscuits en pâte à modeler et, quand ils me voyaient faire semblant d'en manger un, ils se tordaient de rire, sans jamais s'en lasser!

Je leur ai inventé des tas d'histoires dans lesquelles je mangeais quelque chose de dégoûtant et, toujours, les enfants rigolaient quand je me mettais à faire toutes sortes de bruits parce que je venais de manger quelque chose d'horriblement mauvais.

Toutes ces histoires ont fini par se fondre en une seule qui, à partir de 1985, n'a plus changé. Comme l'inspiration ne m'était pas venue d'un enfant en particulier, il m'a fallu en trouver un, au moment de publier. Je n'ai pas eu à chercher bien loin, car dans ma rue habitait un petit garçon du nom de Christopher (qu'on a nommé Christophe dans la version française) qui adorait jouer des tours aux grandes personnes. Et il a bien voulu être le petit garçon de mon histoire. La tête qu'il a dans l'album, avec les cheveux en bataille et le regard malicieux, est reprise de vraies photos. Il avait vraiment l'air de ça, quand il était petit.

Le plus amusant, dans cette histoire, c'est de jouer avec les sons et d'en inventer toujours de nouveaux. Pas besoin de reproduire exactement ceux qui sont imprimés dans l'album. Moi-même, je les change très souvent quand je raconte cette histoire. Et parfois, un enfant me reprend en disant : « Hé! Tu te trompes! Tu ne connais même pas ton histoire! »

— R.M.

163

À Ali et Kate Lucas de Goose Bay,
à Terre-Neuve et Labrador
— R.M.

Papa, sors-nous de là!

Robert Munsch
illustrations de **Michael Martchenko**

Très, très loin de tout, dans le vrombissement de la motoneige, Alix s'écrie soudain :

— ARRÊTE!

— Qu'est-ce qui se passe? demande son père.

— Je veux sauter dans la neige, dit Alix.

— Non, dit sa sœur Katia, c'est de la neige très, trèèèèèèèès épaisse.

— Je veux sauter dedans quand même, réplique Alix.

— Ce n'est pas une bonne idée, dit Katia.

Alix se met debout sur le siège, pousse un grand cri, saute le plus loin possible et disparaît. On ne voit plus qu'un grand trou, là où elle a atterri.

— Elle s'est enfoncée dans la neige, dit Katia. Elle a complètement disparu.

— Alors, saute dans le trou pour l'aider à sortir, dit son père.

— Ça aussi, c'est une mauvaise idée, dit Katia.

Mais elle saute quand même.

Pendant de longues minutes, il ne se passe rien.

Puis le père d'Alix et de Katia descend de la motoneige et rampe jusqu'au bord du trou.

— Ça va, là-dedans? crie-t-il.

— Papa, sors-nous de là! hurle Alix.

— Tout de suite! crie son père.

Il se penche dans le trou aussi loin qu'il le peut, attrape quelque chose et tire dessus très fort.

— Aïe! C'est mon oreille!
hurle Alix.

Son père lui lâche l'oreille,
se penche un peu plus,
attrape quelque chose d'autre
et tire dessus très fort.

— Aïe! C'est mon nez!
hurle Katia.

Son père lui lâche le nez,
se penche encore plus,
attrape quelque chose d'autre
et tire dessus très fort.

— Aïe! C'est ma lèvre! hurle Alix.
Le père d'Alix et de Katia attrape
finalement leurs deux queues de
cheval et tire dessus très fort.
Les filles sortent du trou à
la vitesse de l'éclair.

— Bien, dit leur père, maintenant, nous pouvons repartir.

— Non, non, non! s'écrient Alix et Katia. Nos bottes sont restées au fond.

— Oh, zut! s'écrie leur père.

Il rampe jusqu'au bord du trou et se penche aussi loin qu'il le peut. Il ne trouve pas les bottes. Il s'avance donc un peu plus, encore un peu plus et finit par disparaître dans le trou. Il n'y a plus que ses bottes qui dépassent.

Alix rampe jusqu'aux bottes.

— Ça va, là-dedans? crie-t-elle.

— Sortez-moi de là! hurle son père.

Alix et Katia empoignent les pieds de leur père et tirent très fort. Mais il ne bouge pas d'un poil.

— Ça ne va pas du tout, dit Alix. Il va falloir que papa reste là jusqu'au printemps.

— Mais il doit aller travailler et piloter son jet de la force aérienne, réplique Katia.

Soudain Katia a une idée. Elle court à la motoneige et y prend une corde. Elle en attache un bout à l'un des pieds de son père et l'autre, à la motoneige. Puis Alix et Katia sautent sur la motoneige, qui s'élance sur la piste.

Leur père sort du trou à la vitesse de l'éclair et rebondit sur la neige.

— Aïe! Ouille! Aïe! Ouille! hurle-t-il. ARRÊTEZ! ARRÊTEZ! ARRÊTEZ!

Katia éteint le moteur. Leur père reste étendu dans la neige.

— Papa, tu n'as même pas nos bottes! Il va falloir tout recommencer.

— D'accord, on recommence, dit leur père. Mais cette fois, c'est à votre tour d'y aller.

Il attache la corde aux pieds de ses filles et les descend dans le trou.

Quelque temps plus tard, il revient les chercher…

Papa, sors-nous de là!

En 1991, je me trouvais en tournée au Labrador, pour raconter des histoires, et mon fils Andrew m'accompagnait. À Goose Bay, nous habitions chez Ali et Kate Lucas (qu'on a nommées Alix et Katia dans la version française), dont le papa est pilote de la Force aérienne canadienne. Comme Andrew aime beaucoup les jets, je me suis dit : « Je devrais pouvoir rapporter de là une bonne histoire sur les avions ».

Un après-midi, nous sommes allés marcher dans un sentier de motoneige. Andrew et moi, nous ne savions pas que la neige était très, très épaisse, dans la forêt. À un moment donné, Andrew s'est dit que ce serait amusant de sauter dans la neige folle, à côté du sentier. Il l'a donc fait. Il s'est enfoncé profondément et a adoré ça. Puis Ali et Kate ont sauté à leur tour. Elles ne se sont pas enfoncées autant, mais Kate s'est pris le pied, et j'ai dû aller l'aider. J'ignorais que la neige pouvait recouvrir complètement des conifères, qui forment alors un espace creux sous la neige. Quand j'ai mis le pied en dehors du sentier, je me suis mis à tomber et à tomber dans une espèce de trou sans fond, et il m'a fallu pas mal de temps pour ressortir de là. Kate, elle, était toujours prise dans la neige! Finalement, nous avons réussi à la sortir de son trou, mais ses bottes sont restées au fond. Alors, comme j'étais déjà tout mouillé, j'ai décidé de plonger la tête la première dans le trou, pour aller les récupérer. Et c'est là, que l'idée de cette histoire m'est venue.

C'est vraiment la seule et unique fois de ma vie que j'ai inventé une histoire alors que j'avais la tête en bas et les jambes en l'air, dans un banc de neige!

Robert Munsch

Qui est Robert Munsch? C'est, depuis plusieurs années, un des conteurs préférés des jeunes lecteurs en Amérique du Nord.

Robert vient d'une famille de neuf enfants. Tu trouverais cela difficile, mais lui croit que c'était très bien car, dit-il, il pouvait faire ce qu'il voulait – comme, par exemple, lire – sans qu'on le dérange. Dans sa jeunesse, Robert était tellement passionné par la lecture qu'il lisait tout ce qui lui tombait sous la main. Son livre préféré était une histoire du Dr Seuss. Il aimait aussi écrire des poèmes – des poèmes drôles, évidemment. Tu ne le croiras peut-être pas, mais Robert n'a pas toujours été écrivain. Il a d'abord travaillé dans une garderie, jusqu'au jour où la femme de son patron, qui était bibliothécaire pour les enfants, l'a entendu raconter des histoires aux petits. Elle l'a trouvé tellement bon qu'elle lui a suggéré de mettre ses histoires par écrit pour les envoyer à un éditeur.

Et tu ne le croiras pas non plus, mais ses textes ont été refusés par neuf éditeurs successifs! Finalement, un éditeur a accepté, et le premier album de Robert Munsch, intitulé *Mud Puddle*, a paru en 1979. Mais il a fallu encore cinq ans pour que Robert quitte la garderie et, depuis, il a publié plus de quarante livres!

Où donc Robert va-t-il chercher ses idées? Elles lui viennent presque toujours des enfants. Par exemple, un jour où il était en train de raconter des histoires à des enfants, il leur a demandé si quelqu'un parmi eux voulait être le héros d'une de ses histoires. D'autres fois, l'inspiration lui est venue d'un enfant qu'il a rencontré par hasard ou d'une lettre qu'il a reçue chez lui. Il puise ses sujets vraiment de n'importe où! Mais ses histoires ne sont pas toutes nécessairement publiées sous forme de livre, car cela en ferait vraiment trop! Quand il se produit en public, il lui arrive de raconter plus d'une dizaine d'histoires de suite, dont la plupart sont nouvelles. Si une de ces histoires ressort de l'ensemble, il la reprendra dans d'autres séances, parfois pendant plusieurs années. Et un beau jour, il décidera que son histoire est assez au point pour en faire un album. Robert tient absolument à ce que ses albums soient appréciés de tous les enfants, d'où qu'ils viennent en Amérique du Nord ou même ailleurs dans le monde. Par exemple, si l'action d'une de ses histoires se situe à Toronto, il faudra que les enfants des Territoires du Nord-Ouest l'apprécient tout autant que ceux qui vivent en ville, et vice versa. Ce n'est pas toujours évident, de composer des histoires dans lesquelles tous les enfants, d'où qu'ils viennent, pourront se reconnaître.

Robert adore aller raconter des histoires dans les écoles et les bibliothèques. Par exemple, s'il sait qu'il aura à se rendre dans tel ou tel endroit, il vérifiera s'il n'a pas déjà reçu une lettre d'une école de la région. Et une fois rendu, il ira y faire une visite surprise. Ou encore, il demandera à la bibliothèque ou à l'école de trouver une famille intéressante qui pourrait le loger pendant son séjour. Les chanceux!

Que fait Robert dans ses temps libres? Il aime lire, se promener avec son chien à la campagne, faire de la randonnée à bicyclette, et même grimper dans les arbres! Et il adore manger des ailes de poulet ultra-piquantes. Robert a trois enfants, Julie, Andrew et Tyya, et il a écrit des histoires pour chacun d'eux. La famille qu'on voit dans *Ma dent ne veut pas tomber!* c'est celle de Robert – ou, plutôt, la famille Munsch, telle que la voit Michael Martchenko.

Robert passe aussi beaucoup de temps à lire les lettres qu'il reçoit et à y répondre. Il lui en arrive environ 400 par mois, la moitié venant de différents groupes-classes et l'autre, de la part d'enfants lui écrivant à titre personnel.

Sa facilité à raconter des histoires est un talent inné. Mais il a fallu bien des années à Robert avant de s'en rendre compte. Et il se demande encore à quoi tient le talent d'un bon conteur. Il faut avoir l'esprit vif, bien sûr, mais il faut aussi savoir écouter les autres – surtout quand il s'agit des enfants. En ce qui le concerne, on peut dire que son immense talent a su le rendre populaire auprès des enfants du monde entier.

Pour être écrivain, il faut du talent et, aussi, du dévouement. Mais, comme le dit Robert : « C'est le travail le plus intéressant que j'ai eu de toute ma vie ».

Michael Martchenko

L'œuvre de Michael Martchenko est bien connue des enfants, des parents et des enseignants partout au Canada. Michael a illustré les albums de plusieurs auteurs – dont lui-même! – mais il est surtout reconnu pour son travail avec Robert Munsch.

Michael a toujours adoré dessiner. Dans son enfance, il s'amusait à reproduire des couvertures de bandes dessinées. Selon lui, c'était une façon fantastique d'apprendre à dessiner. Quand il a fait ses études secondaires, il n'a pas pu suivre de formation en arts plastiques, mais cela ne l'a pas empêché de continuer à vouloir devenir un artiste. Finalement, il est allé étudier l'illustration au Ontario College of Art and Design, à Toronto.

Ses études terminées, Michael a commencé sa carrière comme directeur artistique dans une agence de publicité. Sa tâche consistait à concevoir des annonces publicitaires et à dessiner les esquisses préparatoires au tournage. Il pensait faire cela toute sa vie. Mais un beau jour, dans une exposition, Robert Munsch est tombé sur les dessins de Michael et il a été fasciné par toute la vie qui s'en dégageait. Il a donc demandé à Michael s'il voulait faire les illustrations de *La princesse à la robe de papier,* et ce fut le début d'une fructueuse collaboration.

Au départ, Michael n'était pas du tout impressionné par cette histoire, pensant qu'il s'agissait d'une autre de ces histoires de princesse et de prince charmant. Mais après avoir lu le texte, il s'est ravisé, car il a trouvé l'histoire « très cool ».

Michael n'a pas abandonné pour autant sa carrière dans le monde de la publicité. « J'avais toujours dit que je ferais de l'illustration dans mes vieux jours. Jamais je n'avais pensé le faire pour gagner ma vie. » Il a donc continué de travailler à l'agence le jour, tout en consacrant ses soirées et ses jours de congé à illustrer des albums.

Mais depuis dix ans, l'illustration l'occupe à plein temps, et il n'a jamais été aussi heureux dans son travail.

Mais quel est donc le secret de son talent d'illustrateur? Quand il reçoit un nouveau texte, il attend toujours un certain temps avant de se mettre à sa planche à dessin. Il prend le temps de laisser venir ce qu'il appelle les « images mentales ». Puis il dessine des esquisses, comme il le faisait auparavant pour les publicités. C'est seulement après ce travail préparatoire qu'il produit ses illustrations définitives, avec tracé au crayon complet et coloriage à l'aquarelle.

Et qu'en est-il des détails amusants qu'il rajoute en arrière-plan de ses illustrations? D'abord, il ne l'a pas toujours fait. Mais, un beau jour, cela s'est imposé à lui. Par exemple, pour *Un bébé Alligator?* il n'avait pas prévu montrer un singe en train d'aider les animaux à s'enfuir du zoo.

« C'est venu tout seul, sans que je l'aie voulu », explique-t-il. Les lecteurs se sont habitués à ces petits détails et, d'un album à l'autre, s'attendent à les retrouver. Mais Michael pense qu'il ne faudrait pas que ces éléments d'arrière-plan en viennent à détourner l'attention du sujet principal de ses illustrations. En illustrant *Mmm... des biscuits!* Michael a inauguré une nouvelle tradition dans ses illustrations des textes de Robert Munsch : l'ajout d'un ptérodactyle. Robert a tellement aimé cela qu'il a demandé à Michael de toujours en ajouter un dans chaque nouvel album. Et Michael le fait. Essaie de trouver le ptérodactyle dans *Papa, sors-nous de là!*, l'histoire inédite de Robert Munsch, publiée pour la première fois dans le présent recueil.

À quoi Michael s'intéresse-t-il, mis à part son travail d'illustrateur? C'est un passionné d'histoire et d'aviation. D'ailleurs, il collectionne toutes sortes d'objets ayant rapport à l'aviation, comme de vieux uniformes d'aviateurs et toutes sortes d'insignes. Et il a aussi reproduit en peinture de vieux modèles d'avions. Récemment, il s'est remis à la guitare. Ça l'aide à se détendre, quand son horaire de travail devient vraiment trop surchargé.

Michael Martchenko et Robert Munsch ont réussi à former une équipe du tonnerre, et la qualité de leur travail a été une source de joie pour bien des gens depuis de nombreuses années. Michael y a, lui aussi, trouvé un grand bonheur.

« Je n'arrive toujours pas à croire que je gagne ma vie à faire ça! » avoue-t-il.

Alan et Lea Daniel

Alan et Lea Daniel sont le parfait exemple d'une collaboration réussie. En tant qu'artistes, ils ont su s'entraider afin de donner vie aux idées d'un écrivain comme Robert Munsch. Et dans leur vie privée, ils ont donné le jour à une famille extraordinaire, composée de leurs trois enfants et de leurs trois petits-enfants.

Au début, Alan était le seul des deux à travailler comme illustrateur. Mais quand leur petit dernier est entré à l'école, Lea, qui avait toujours adoré peindre, a commencé à donner un coup de main à Alan. Et ils ont continué de collaborer de cette façon pendant des années, créant ensemble les superbes illustrations, pleines de couleurs, qui ont fait leur réputation.

Lea raconte qu'un des aspects les plus amusants de son travail avec Alan, c'est de le voir mimer ses personnages en même temps qu'il les dessine. Par exemple, s'il dessine un personnage qui est heureux, son visage va s'éclairer d'un grand sourire.

Où Alan et Lea vont-ils chercher leurs idées pour leurs illustrations? Souvent, ils cherchent d'abord à représenter les aspects humoristiques de l'histoire à laquelle ils travaillent. Par exemple, dans le cas de *Sors du lit, Annie!* ils ont vraiment apprécié les idées loufoques de Robert Munsch. Alors, ils se sont amusés à ajouter toutes sortes d'animaux familiers autour du personnage d'Annie. Et si tu regardes les illustrations d'un peu plus près, tu découvriras encore d'autres détails amusants, comme des personnages tirés d'autres albums.

Alan et Lea aiment aussi intégrer dans leurs illustrations des personnes ou des objets de leur quotidien. Ainsi, dans le cas de *Sors du lit, Annie!* leur propre chien se retrouve parmi les animaux familiers de l'héroïne. Les lecteurs ne savent généralement pas qu'il s'agit de détails personnels, mais, pour ce couple uni par la profession et dans la vie privée, ce sont ces petites choses qui rendent chaque album très cher à leur cœur.

Eugenie Fernandes

Eugenie Fernandes était sans doute prédestinée à une carrière artistique. Presque tous les membres de sa famille font quelque chose en rapport avec les arts. Son père a été parmi les premiers illustrateurs de bandes dessinées au Canada, et son mari, de même que leurs deux enfants, sont aussi des artistes.

Quand on a demandé à Eugenie si elle était intéressée à illustrer *Ribambelle de rubans*, elle n'a pas hésité un seul instant. « Qui refuserait d'illustrer un album de Robert Munsch? » dit-elle en riant. À son avis, tous les récits de Robert Munsch débordent d'énergie, et c'est ce dynamisme qu'elle a cherché à rendre dans ses illustrations.

Robert lui a fourni des photos de Jillian, la petite fille qui lui a inspiré cette histoire, de même que des clichés de sa famille et de sa communauté. À partir de ces photos, et en y ajoutant sa touche personnelle, Eugenie a vraiment réussi à donner vie à l'histoire de Robert, pour la plus grande joie de tous ses lecteurs. Eugenie est convaincue que, pour réussir dans la vie, il faut savoir être persévérant. « Si ton destin est de devenir un artiste, affirme-t-elle, tu te dois de le devenir. » Elle-même a passé des années à ne faire que de petits contrats d'illustration avant d'arriver à en faire à temps plein. « Il ne faut surtout pas abandonner », dit-elle. Qu'aurait-elle pu faire d'autre, si elle n'était pas devenue illustratrice? Peut-être étudier la biologie, comme sa mère, pour ensuite s'occuper d'animaux ou de plantes. D'ailleurs, aujourd'hui, elle adore dessiner des étoiles de mer, des coquillages, des fleurs et des feuillages.

Eugenie écrit et illustre aussi ses propres histoires. Et quand elle n'est pas dans son studio, dont la fenêtre donne sur un lac de l'est de l'Ontario, elle sort pour aller contempler le coucher du soleil ou marcher au bord de l'eau. C'est sans doute dans ces moments privilégiés qu'elle puise son inspiration pour les petites choses qui font tout le charme de ses illustrations, comme les grenouilles qui sautent partout, dans *Ribambelle de rubans*.